PHYSIOLOGIE

DE

LA FEMME ENTRETENUE,

PAR

ARAGO.

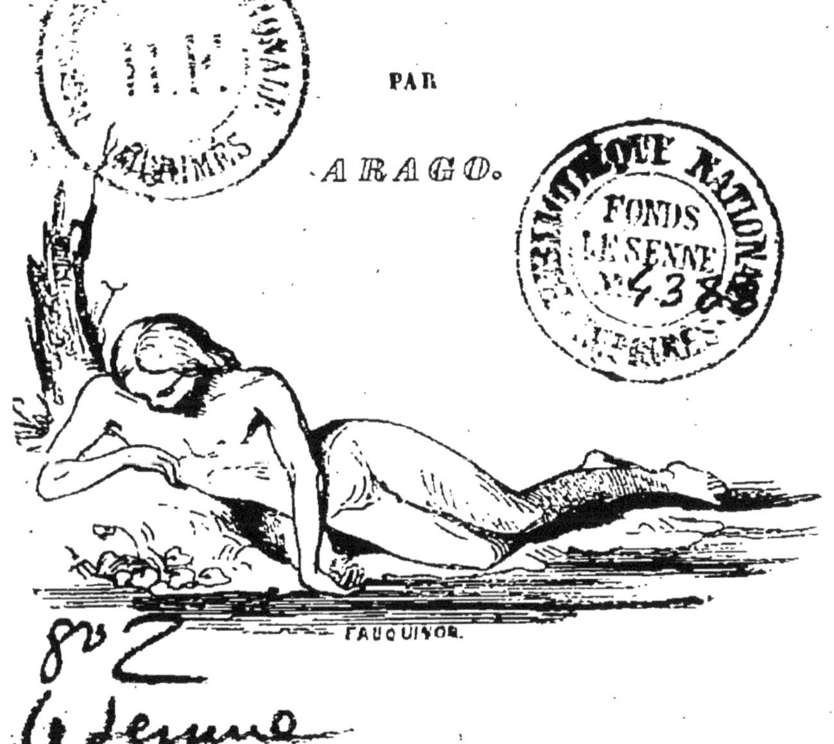

BRUXELLES,

CHEZ TOUS LES LIBRAIRES.

—

1841

I.

Y A-T-IL des choses qu'on écrit et qu'on n'oserait pas dire à haute voix ? Oui, sans doute, car les oreilles sont moins chastes que les yeux : celles-là perçoivent, les autres cherchent, fouillent, étudient.

La plume ne balbutie pas comme la

langue ; la plume ne rougit pas comme les joues et le front ; la plume est une folle, une écervelée, qui va, qui va, pareille à un coursier de Nubie, et qui ne s'arrête que lorsque l'encre et le papier lui font défaut. Le papier, c'est l'arène de la plume.

J'ai là sur mon bureau deux rames d'excellent raisin et un énorme paquet de bouts d'aile ; en outre, je cesse d'être paresseux, et je vois passer devant moi une jeune fille du nom d'Augustine. Hier elle s'appelait Bathilde, demain on la nommera Louise, après-demain Judith, et elle changera ainsi de patronne jusqu'à ce qu'elle ait épuisé le calendrier.

Tandis que sa silhouette gracieuse s'efface dans l'ombre, tandis que je suis de l'œil et du cœur cette créature à laquelle se rattachent quelques-uns de mes souvenirs de bonheur, de regrets et de honte, on sonne à ma porte.

Mon domestique ouvre et introduit auprès de moi un monsieur aux manières polies, au langage élégant, qui, de prime abord, et après m'avoir légèrement salué de la main, me dit :

— Voulez-vous me permettre d'éditer un de vos livres?

— Votre proposition me flatte; mais lequel de mes ouvrages désirez-vous?

— C'est une publication nouvelle que je vous demande.

— Politique?

— Rêves.

— Philosophie?

— Erreur.

— Morale?

— Hypocrisie.

— Roman?

— Meurtre, sang, ennui, dégoût.

— Enfin de quoi, de qui voulez-vous donc que je vous parle?

— De quoi? Du cœur et de la tête. De qui? Cherchez, prenez un type. Je m'en rapporte à vous.

— Bravo! j'accepte. Avocat, homme de lettres, auteur dramatique, journaliste, diplomate, tout cela est vieux, usé, mort, à dix pieds sous terre; n'en parlons plus, cherchons autre part.

— Vous avez raison.

— Attendez; tout à l'heure, là, sous ma croisée, passait une délicieuse enfant glissant sur le trottoir comme une suave pensée au cerveau, jolie de ces yeux noirs à demi baissés, de sa tournure gracieuse comme celle d'un palmier... Si je parlais...

— Que fait-elle donc?

— Des dupes.

— Ses yeux pourtant, m'avez-vous dit, se baissent modestement?

— Ses yeux mentent comme sa bouche, et son élégante tournure est d'une coquetterie à désespérer les bayadères.

— Quel état dans le monde?

— Point d'état.

— Ses parents?

— Comme ceux de ses semblables, des concierges.

— Vous m'avez dit qu'elle était élégante.

— Quand la fille dont je veux vous parler est devenue ce qu'elle est, elle change d'allure et de ton ; elle n'a plus de parents ou du moins elle ne les connaît pas. Elle se dit alors fille ou veuve d'un colonel, d'un magistrat, nièce d'un pair de France; toujours enlevée par un duc, un prince ou un *milord russe*, tandis que le plus souvent elle est arrivée de la campagne en sabots, portant avec elle la candeur et l'innocence, qu'elle échange bientôt contre la paresse, l'impudeur et l'effronterie ; ainsi elle s'appauvrit de tout ce qu'elle gagne.

— Elle est enfin quelque chose dans le monde?

— Oui.

— Quoi donc?

— Femme entretenue.

— Je vous laisse, monsieur; j'accepte votre type : je suis sûr que vous possédez la matière à fond.

— Vous ne croyez pas si bien dire. *Matière*, tout est matière chez cette classe de femmes. *A fond*, je m'en défie moi-même, moi qui les ai si bien étudiées.

— Il y aura donc un peu de scandale dans vos pages.

— Point, un portrait. Si toutes les folles qui prendront ce livre pour une personnalité l'achètent, faites tirer à vingt mille, et illustrez : il y a de l'argent au bout de tout cela.

— Je vous vole votre temps, adieu. Quand aurez-vous achevé?

— Demain.

— A demain donc.

Augustine repassa et je la suivis. Elle entra aux Bains Rivoli, où trône au comptoir une jeune Anglaise belle comme une belle vignette de Johannot, et sage à briser toutes les espérances. Augustine demanda une plume, du papier, écrivit un petit billet, fit appeler un commissionnaire et disparut dans le corridor. J'avais une heure devant moi, je marchai sur les traces du messager. Celui-ci avait reçu un franc pour sa course; il entra dans un cabaret, et après une petite libation, il sortit, mit la main dans sa poche, la retira et laissa tomber le poulet confié à sa fidélité. Ce fut moi qui les ramassai, et dussiez-vous me jeter la pierre, je l'ouvris, et je le lus.

Vous mentez si vous dites que vous n'en auriez pas fait autant. Peut-être eussiez-vous essayé de corrompre le Mercure auvergnat; moi, je profitai seulement du hasard qui me souriait. Quoi qu'il en soit, voici le billet :

« *Monsieur* doit venir me rejoindre à

» la reppetticion. J'en sortirai avant la *fin*
» et nous irons satisfaire la nôtre dans un
» cabinet des Chants-et-lisez. Trouve-toi
» au passage Choiseul, attends-moi chez
» le paticier, et pas de brioches. *Mon-*
» *sieur* est jaloux comme un *aigre.* »

Je reconnus les pattes de mouche et l'ortographe. Hélas! qui ne les connaît pas, et pourtant Augustine n'a que dix-huit printemps! Chez elle l'esprit et le cœur se tournent le dos.

Défiez-vous, mes amis, de la jeune femme que vous aimez et qui se lève trop souvent avec le jour pour aller prendre un bain. Le bain est le prétexte, l'accessoire; le rival heureux est le principal.

II.

La femme entretenue appelle celui qui paie *monsieur;* celui qui ne paie pas, *lui*. *Lui* ne compromet personne, et si par hasard le monosyllabe tombe des lèvres imprudentes devant *monsieur* : « Ingrat, lui dit-on avec une claque sur « la joue, c'est de toi que je parlais. »

Toute femme entretenue veut se faire comédienne et sait par cœur quelque tirade de tragédie et de comédie. Les planches sont les invalides de la galanterie.

Il est rare qu'elle ne soit ou louche, ou bancale, ou qu'elle ne grasseye pas, ou qu'elle ne parle pas du nez comme un haut-bois, ou qu'elle sache lire correctement. Elle veut se jeter sur *seine*, ainsi qu'elle le dit et qu'elle l'écrit. Elle *nagera* là dans un *torrent* de délices; des flots d'adorateurs *inonderont* les loges et le parquet, et l'or *coulera* avec profusion dans ses tiroirs.

Désillusion! La femme entretenue débute sur un théâtre dont la politesse *récompensée* lui ouvre les portes; elle joue, on lui rit au nez; elle voulait être comédienne, ce n'est qu'une cabotine.

Remarquez, au surplus, que le seul talent dramatique de l'actrice est souvent son extrême *complaisance*. A ce compte, je connais certaine débutante qu'on ne tardera pas à appeler la Mars du boulevart *Bonne nouvelle!* pour les amateurs.

Fi ! Jacques, fi ! Paul ou Pierre, quelle confidence nous faites-vous là?

Le *monsieur* de la femme entretenue est pour l'ordinaire un actionnaire, un prêteur d'argent, un vieux garçon vivant des débris de sa fortune dévorée au jeu. *Lui*, c'est un auteur, un journaliste, un lion. Le premier est un jobard; *lui* croit être toujours seul *lui* dans le monde : il y en a deux, il y en a quatre, sans compter les amoureux de vaudeville, les comiques, les ténors et souvent même les pères nobles. La femme entretenue est d'espèce vorace, elle est accapareuse par principe. Ce n'est point posséder que de posséder l'unité, il faut deux chiffres à la femme entretenue; on en a vu qui arrivaient jusqu'à trois.

Mais, ne soyez pas en peine. Quand les oiseaux manquent à la volière, quand les pigeons refusent d'être plumés, la femme entretenue se sauve de la quantité par la qualité, et ce qu'il lui faut alors, ce qu'elle obtient à force de *sacrifices*, d'expressions puisées dans je ne sais plus quel dictionnaire orgiaque, l'entreteneur le lui donne. Lui, c'est bientôt un cadavre, elle reste toujours bacchante. Le délire du premier, c'est l'agonie ; le délire de l'autre, c'est l'impuissance de la satisfaction. Tout cela fait mal à voir et à étudier.

Après l'insuccès d'un début sur un ou deux grands théâtres, la femme dont je vous parle, croyant toujours sa vocation marquée, se décide à s'essayer sur une scène plus modeste, puis descend encore, puis encore, puis refait une trouée à Chantereine, théâtre de ses premiers exploits, et finit par accepter un engagement à Lazary ou même plus bas, partout en un mot où on pourra la voir : la femme entretenue est une enseigne. Quelquefois pourtant elle remonte encore : le vide surnage toujours; on la prend dans un théâtre honnête pour tout faire...

Allons, Babet, un peu de complaisance,
Un lait de poule...

Cette période de sa vie a lieu pendant un interrègne, c'est-à-dire depuis le moment où *monsieur* n'a plus voulu *financer* jusqu'à celui où se présente un suppléant. L'intervalle est court; la femme entretenue est trop active pour rester les bras croisés et la tête sans passion, car ses passions à elle ont leur siége dans la tête.

Eh bien! ces masques grimaçants, ces lâchetés honteuses, ces mensonges perpétuels entre les caresses hypocrites et le cynisme des infidélités, tout cela s'empare quelquefois de vous et vous maîtrise au point de subjuguer votre raison abâtardie par le contact. J'ai connu un garçon de beaucoup d'esprit, ma foi, prêt à tomber dans la niaiserie par suite des turpitudes de sa maîtresse, à qui un seul entreteneur est toujours insuffisant. Quatre aujourd'hui font la navette chez elle. J'avais beau lui prêcher morale et résignation, il se gendarmait, il se tordait contre les remontrances, et il ne dut sa guérison qu'au ridicule que je lui fis entrevoir prêt à rejaillir sur lui. Le ridicule tue ou guérit encore mieux que le mépris. Hommes, femmes, ne faites jamais rire à vos dépens. J'employai en faveur de mon ami de sages antidotes, et sa folle passion s'éteignit comme se guérissent ces hideuses plaies cutanées qui font plus de mal à ceux qui regardent qu'à ceux qui en sont atteints. A cet effet, je lui expédiai les deux épigrammes suivantes, bien certain qu'elles arriveraient à leur adresse :

Eh quoi! pour cette fille une douleur mortelle!
C'est naufrager, mon cher, en trop large chemin.
On dit que tu te plains qu'elle n'est point fidèle :
Erreur! elle est fidèle à tout le genre humain.

Et cette autre :

Voyez comme de tout ce bon public s'amuse!
C'est comme au temps joyeux du marquis de Lan-
On disait autrefois traître comme Raguse, [sac.
Et l'on dit aujourd'hui catin comme.....

Le pain à cacheter ayant dévoré le nom propre (qui n'est pas trop propre, j'en conviens), je le lui laissai à deviner. La discrétion est une demi-vertu.

L'ami blessé se prit à sourire. Son sourire fut une guérison radicale.

III.

Puisque dans cette dissection physique et morale je me pique d'une exactitude sévère, minutieuse jusqu'à la candeur, je vous dirai qu'à proprement parler on ne peut pas assurer que la femme entretenue loge, mais bien qu'elle perche. Elle est nomade par goût et par nécessité; elle va de là là horizontalement, de là là verticalement : c'est-à-dire qu'elle passe d'un second étage à un second étage, et d'un grenier à un entresol.

Pourquoi ? Voici :

Elle achète des meubles à *tempérament* ; elle paye les premiers billets, néglige les autres, reçoit visites grondeuses et plus tard papiers timbrés et menaces de saisie. Elle vend alors presque pour rien ce qu'elle avait acheté fort cher ; elle recommence le même manége dans un logement nouveau, et c'est ainsi que s'envole l'argent de l'entreteneur, c'est ainsi que les années arrivent sans économies, c'est ainsi que la misère parvient à s'impatroniser chez l'étourdie qui aurait dû prévoir que la veille a toujours un lendemain.

La femme entretenue par l'opulence a besoin d'une vie à part, d'une vie de fêtes, de courses et de flambeaux ; il lui faut à elle un superbe appartement, une loge à l'opéra, les douceurs d'une calèche, des valets, une livrée, les allées du bois de Boulogne, un ménage monté, une campagne à la saison des fleurs, de riches fourrures pour l'époque des frimats. Celle-ci a également son *monsieur* et son *lui* ; mais tout se fait chez elle avec réserve, avec dignité. Il n'y a point mésalliance : le premier est un fournisseur, un propriétaire, un banquier ; le second, un clerc de notaire, un coiffeur. Je vous jure que j'ai vu souvent de ces choses-là.

La femme entretenue par l'opulence aime les parfums, un langage doucereux, une mise élegante : il y a des coiffeurs qui ont tout à fait l'air d'hommes comme il faut. Un homme comme il *faut* est parfaitement remplacé par un homme comme il en faut.

La femme entretenue ne suit pas les modes ; elles les fait, et dès que l'imitation se montre au jour, elle crée de nouveau. Jugez si mesdames Leclère *, Drouet, Hoc-

* Leclère, rue de Rivoli, 10 *bis*.

quet, delile, Burty, Ravrio reçoivent de fréquentes visites ?

Mais Henriette a pris les devants, on veut la devancer à son tour ; on achète sans prévenir *monsieur*, on fait des dettes, on signe des billets, on est pourchassée, *monsieur* se fâche, il refuse de payer ; on se boude, on se querelle, on se pince, on s'égratigne, et le lendemain *monsieur* tout honteux veut rentrer en grâce, il trouve la porte fermée, il s'inquiète, il descend, remonte, fatigue son cheval et ses jambes ; il rentre désolé, son valet de chambre lui remet le billet suivant :

« Vous êtes un tirant, monsieur, il y a
» longtemps que j'aurais dut m'en apper-
» cevoirre. Je me suis conduite avec vous
» en brave fille ; mais il est à tout un
» *terme* ; vous venez de payer celui de
» ma maison, s'est le dernie que j'accepte.
» Jules était chez moi quand vous êtes
» venu hier soir. Je ne vous ai pas trompé,
» Je vous ai quitté, voilà tout. Adieu. »

Suit la signature.

Il est aisé de comprendre que le jour de *deuil en blanc* qui sépare les deux amants est aussi la veille du jour *funèbre* où se consomme l'orgie. Or, l'orgie n'est vraiment échevelée qu'en compagnie. Trois, c'est trop, on se réunit à quatre; car, lorsqu'on est quatre, on n'est que deux. Après les libations de la table, viennent celles de l'alcove. Les cheveux sont en désordre, les corps épuisés succombent, on se roule sur les tapis, on se vautre dans les souvenirs à demi éteints et l'on se réveille sous un bonheur effacé bientôt par un autre délire.

IV.

La jeune femme entretenue a toujours de dix-huit à vingt ans; la vieille toujours de trente à trente-six; jamais elle n'en a quarante, à moins qu'elle n'en ai soixante.

Voyez ce qu'on fait de ces belles et fringantes juments de course qui ont remporté tant de prix, qui ont dévoré tant d'espace, démonté tant de cavaliers!

Hélas! l'âge est venu, la litière est

mince et rude, l'avoine rare et de mauvaise qualité; on dédaigne la sémillante alourdie, on l'oublie, on l'abandonne, puis on la fait abattre.

Oh! si les juments pensaient!... Mais les juments ne pensent pas.

Au surplus, si la jument est devenue étique, l'étalon a vu s'éteindre aussi son ardeur, et il ne retrouve un peu de son allure et de sa fierté du jeune âge que dans le souvenir de ses conquêtes passées.

Mesdames Kr....; Clémence, Fortunée et Pauline L., trio élégant et gracieux; charmantes sœurs sans rivalité, harmonieuses jeunes filles qu'on aime en les voyant ou en les écoutant; Marie Dew... et quelques autres ont eu l'adresse jusqu'ici d'économiser sur le présent au profit de l'avenir. Folles autant que les plus folles, belles autant que les plus belles, on les a vues, sans cesse franches et loyales dans leur galanterie, ne tromper les tenants que sur la durée de la conquête. Le mot *toujours* éraillerait leurs lèvres fraîches et roses; l'élévation du prétendant était la déchéance du possesseur.

Le roi est mort, vive le roi!... Devise de haute et basse cour.

V.

Voyez-vous cette élégante et grave jeune mère qui se promène dans le lieu le plus solitaire des Tuileries? — Oui, on dirait une statue de la Réflexion animée comme Galathée. — A ses côtés une jeune fille? — C'est la sienne, sans doute. — Et là aussi une femme de chambre proprement vêtue? — Eh bien? — Eh bien la femme de chambre est une complaisante créature qui se loue tant la journée. — Mais l'enfant? — L'enfant se loue comme la suivante. — A quoi bon ce manége? — Provincial! Une *bonne!* un enfant! une allée sombre, du silence, du recueillement, ne croyez-vous pas voir une mère, une veuve attristée?... Vous vous approchez avec retenue, un mouchoir tombe, un cerceau change de route et se glisse dans vos jambes, vous rendez le cerceau avec un baiser au front de l'enfant; vous ramassez le mouchoir avec une parole de politesse, on vous remercie du regard; la conversation s'engage, vous êtes encouragé, vous devenez pressant, vous servez d'escorte, vous êtes sur le seuil de la demeure... Et le lendemain (nous sommes au lendemain), vous avez triomphé d'une vertu désolée... La femme entretenue a joué son rôle.

VI.

L'ANECDOTE se loge très-bien entre la morale et le récit. C'est un auxiliaire aimable que le narrateur a presque toujours raison d'appeler à son aide. L'anecdote est le champagne de la conversation.

Tenez, en voici quatre ou cinq. L'une vous dira comment l'opulence s'y prend quelquefois pour ses conquêtes; la seconde vous initiera aux secrets de ses déceptions. Ah! c'est que la galanterie et le libertinage usent en tous lieux de leurs droits; c'est que la perfidie rêve ses malices ou ses vengeances aussi follement sous des rideaux de soie que sur la modeste couchette de l'étudiant ou de l'ouvrier.

Or, écoutez les deux premières; les autres vous les lirez si vous en avez le temps; elles sont spirituellement écrites, croyez-m'en sur parole.

Mlle D... était la plus jolie actrice du théâtre du... (Je suis discret; mais la gaze est bien légère.) Elle était aussi l'une des plus belles personnes de Paris. Quand elle jouait, les avant-scènes se trouvaient usurpées, et les coups-d'œil assassins se croisaient en route; c'étaient des gerbes brillantes, un véritable feu d'artifice.

M. H..., l'un des plus riches banquiers de l'Europe, eut son tour de servitude. De la loge qu'il avait retenue pour lui seul, il put tout à son aise admirer la ravissante jeune fille que le public n'écoutait guère encore que des yeux. Il sortit un instant, et voici le petit colloque qui s'établit entre lui et l'ouvreuse :

— Comment s'appelle cette jeune femme?

— Mlle D...

— Que fait son mari ?

— Elle n'en a pas.

— Et son amant?

— Lequel?

— A merveille; faites-moi le plaisir de lui remettre cette lettre.

— Mais, monsieur, ma moralité me le défend ; je ne suis pas ce que vous croyez; et puis Mlle D... ne la recevrait pas!

— Tenez, voilà cinq napoléons pour vous.

— Monsieur, elle aura la lettre dans cinq minutes.

— C'est bien.

Le billet était ainsi conçu :

« Mademoiselle,

» Je vous demande un moment d'en-
» tretien ce soir après le spectacle. Mon

» équipage s'arrêtera à votre porte. Je
» monterai, et si vous m'ordonnez de
» sortir après quelques paroles échangées,
» vous me verrez soumis à vos volontés.

» Je vous baise les mains.

H... »

Le billet fut jeté dans la chiffonnière avec les papiers inutiles, et Mlle D... rentra chez elle sans aucun souci, habituée qu'elle était à de pareils hommages.

Quelques instants après on sonna; une femme de chambre ouvrit.

— Que voulez-vous, monsieur?

— Je désire parler à Mlle D...

— Mais mademoiselle ne reçoit personne à cette heure-ci.

— Dites-lui, je vous prie, que je suis M. H... et que c'est moi qui lui ai écrit ce soir pendant le spectacle.

— Cela est inutile, monsieur, il est trop tard, et Mlle D... ne vous connaît pas.

— Ah! c'est juste, elle n'est pas dans la finance; n'importe, faites ma commission et gardez pour votre peine ce billet de cinq cents francs.

— Vous me désespérez, monsieur ; mais enfin je vais voir.

Toute soubrette qui reçoit un billet de cinq cents francs devient éloquente. Mlle D..., vaincue par sa camériste, accueillit M. H..., qui se présenta d'une manière respectueuse et demanda, après les premières phrases de politesse, une plume et de l'encre. Il écrivit les deux lignes suivantes, qu'il offrit à Mlle D... :

« A tous banquiers de l'Europe. Payez à » vue et au porteur la somme de cinquante mille francs. »

Puis, le galant prit son chapeau, salua en homme de bonne compagnie, et dit en sortant :

— Mademoiselle, je reviendrai demain savoir si vous aurez la bonté de me bien accueillir.

Il y eut un peu d'agitation dans le ménage de Mlle D... On crut d'abord qu'on avait eu affaire à un fou; puis se ravisant on se dit tout bas, mais de manière à n'être entendue que de sa glace : *Eh! eh! je vaux cela, ce me semble.*

Le lendemain matin la cámériste était dans les bureaux de M. Laffite. Toute tremblante, elle présente le billet. Le célèbre banquier y jette un regard et dit à son caissier ; *Payez sans escompte.* La soubrette, troublée, réplique qu'elle n'a pas reçu l'ordre de toucher, et qu'elle venait savoir seulement si le papier était bon.

Elle sortit, et pour mieux se convaincre, car elle croyait rêver encore, elle entra chez Rothschild. Là, même réponse, même refus aussi de recevoir. Elle courut en toute hâte chez Mlle D... et lui apprit ce qu'elle savait.

— Mais il fallait accepter l'argent, lui dit l'actrice toute radieuse. Allons ensemble chez M. Laffite, et si tu ne me trompes pas, je t'achète en revenant un châle magnifique.

Le châle fut acheté.

Onze heures et demie sonnaient à l'horloge des Tuileries. Une belle calèche s'arrête à la rue des Pyramides, et un jeune élégant monte un quatrième étage. Il n'avait pas encore touché le cordon de la sonnette que la porte s'ouvrait.

Un instant après, Mlle D..., toute parfumée, toute rose et avec un battement de cœur que vous comprendrez à merveille, disait de sa douce voix à celui qui se trouvait debout devant elle :

— Vous avez, monsieur, une manière si originale de faire la cour, qu'en vérité il y aurait folie à vous éconduire. Gardez-vous votre calèche ?

— Qu'on la renvoie.

De beaux diamants brillèrent bientôt sur la poitrine, aux doigts et aux oreilles de Mlle D...; de magnifiques cachemires abritèrent ses belles épaules. La modeste actrice ne marcha plus que sur de riches tapis, et les camarades jalouses crièrent au scandale. Tout le monde ne comprend pas la reconnaissance!

Hélas! rien n'est éternel dans ce monde, pas même l'éternité peut-être, pas même le caprice. Les diamants, les cachemires, les dentelles et les tapis restèrent, l'amant s'envola; il avait vu une autre jeune et fraîche fleur sur son passage; il l'atteignit, ploya les ailes, plana, s'abattit et but dans le calice.

C'est là seconde anecdote que je vous ai promise.

Rival du théâtre du... celui des... couvait précieusement dans ses coulisses une jeune fille ravissante de grâce et de beauté. Mlle D... fut oubliée, et l'heureuse Mlle J... C... étala bientôt aux yeux de tous le luxe de ses parures, de son équipage et de ses appartements.

On fit circuler alors dans le monde une foule d'anecdotes où les deux colères féminines sont rappelées d'une manière assez comique : on parla de pugilat, de ciseaux et même du vitriol ; mais ce sont là de ces détails qui appartiennent à l'épopée ; nous les dédaignons.

La vie glissa heureuse sur les amours de M. H... et de sa ravissante compagne. Tous les rivaux semblaient anéantis, toutes les espérances éteintes. Le maître régnait en despote ; l'esclave semblait soumise jusqu'à l'adoration. Hélas ! quel ciel est sans nuages, quelle ivresse sans un peu d'amertume, quel bonheur sans angoisses, quel amour sans jalousie !

M. H... crut trouver un jour de la froideur dans les témoignages d'affection de son adorée ; il s'en alarma et plaça ses espions. Ils furent tous corrompus ou trompés. Mais un jour, jour néfaste ! il imagina une ruse sous laquelle devait succomber l'actrice inconstante.

— Je pars pour Londres, lui dit-il, je serai quelques jours absent, j'espère que tu me garderas cette fidélité sainte que tu m'a jurée. J'ai là dans mon portefeuille deux contrats de rente, l'un pour toi, l'autre pour notre enfant. Si ta conduite est telle que je le désire, ces deux contrats te seront remis à mon retour; sinon, je te parle aujourd'hui pour la dernière fois.

Après les serments d'usage et les promesses solennelles, Mlle J... C... se rendit à sa répétition et M. H... eut avec la femme de chambre de sa maîtresse la conversation suivante :

— Madame me trompe.

— Quelle supposition, monsieur!

— Elle me trompe, te dis-je, et tu le sais.

— Quelle infamie!

— Tais-toi. Voici trois billets de mille francs; ils t'appartiennent si tu me prouves que je dis vrai; dans le cas contraire, tu n'auras rien.

— Je parlerai.

M. H... donnait son dîner de départ, il était allé le commander chez Chevet, et avait choisi les mets les plus recherchés. Il aurait voulu des asperges; mais la seule botte cueillie dans les serres de l'illustre marchand de comestibles avait été vendue la veille 500 francs à M. le comte de L... Or la voiture de ce brillant dandy passait fréquemment devant la demeure de Mlle J... C..., qui par hasard se trouvait toujours en ce moment sur son balcon. M. H... s'en était aperçu et il en avait tiré quelques conséquences fâcheuses.

Qu'advint-il? Que la veille de son feint départ pour Londres, au moment de se coucher, il avait retiré d'un petit meuble élégant placé au chevet du lit de sa maîtresse, un certain ustensile en vermeil admirablement buriné, orné d'une anse gracieuse et dont nous avons tous l'habitude de nous servir avant de nous livrer au sommeil. L'asperge s'y trahissait de la façon la plus insolente, et la révélation cruelle de M. Chevet venait de porter un dernier coup à la tranquillité déjà fort ébranlée du jaloux banquier.

Le projet de départ imaginé par M. H... n'avait pas eu d'autres motifs, et c'en était assez, je crois.

On venait de se dire adieu, de se serrer la main avec affection, quelques larmes avaient même coulé des yeux de la belle Ariane. On se sépara enfin.

Un quart d'heure après, M. le comte de L... entrait chez Mlle J... C..., tandis que la femme de chambre allait donner avis de l'entrevue et toucher les trois mille francs promis.

M. H... interrompit le tête-à-tête, car il avait une double clé de toutes les pièces de l'appartement. Sans colère, en gentilhomme de bonne maison, il déchira les deux contrats de rente et souhaita bien du bonheur à son heureux rival.

MORALITÉ :

Dans une intrigue amoureuse, rien n'est

dangereux comme une femme de chambre et une botte d'asperges.

En voici une troisième qui prouve que, quelque effrontée que soit la femme, il lui est souvent fort nécessaire de préparer ses répliques si elle veut éviter les plus lourdes bévues ou la honte d'un flagrant délit.

— Une jolie ex-actrice de feu *la Renaissance* venait de quitter le *lui* de son âme pour se livrer à une de ces promenades sentimentales que personne au monde mieux qu'elle ne sait improviser. Elle était coquettement parée, et son busc se dessinait en contours gracieux quoique imperceptibles sur ses formes rondelettes. *Lui* la suivait du désir, et il se disait en secret tout le bonheur qui dormait sous les gazes flottantes agitées par une brise tiède du nord.

Secret de polichinelle, hélas! Mlle F.... allait, allait comme au hasard, mais sachant bien, la perfide, que le hasard lui tendait toujours la main.

Elle entra, je vous dirais bien où si j'étais méchant, si la plus petite goutte de fiel avait glissé dans mon encrier ou sur ma langue. Bref, elle alla où elle voulut aller; elle resta là le temps qu'elle voulut y rester, elle y fit ce qu'elle voulut y faire, si bien et si parfaitement que nul en la voyant regagner d'un pas paisible la demeure du confiant *lui*, n'aurait imaginé qu'elle s'échappait d'un lieu de pénitence et de prière.

Par malheur le *lui* toujours épris était resté cloué à la fenêtre d'où il avait pu voir de plus loin sa sage est pieuse compagne. Il l'aperçut cheminant avec lenteur sur le trottoir et crut remarquer quelque chose de déhanché dans la démarche de celle dont il connaissait si bien tous les mouvements. Il s'en alarma peu, car il avait mille raisons, plus victorieuses les unes que les autres, pour demeurer convaincu de la fidélité qu'on lui avait jurée. Mlle F.... arrive, elle tend la main et la joue; l'amant veut embrasser, comme à l'ordinaire, et trouve des membres peu emprisonnés....

— Et ton corset? s'écrie-t-il.

— Tiens! dit-elle étourdiment, je l'aurai perdu en route.

Perdre un corset en route! Pourquoi pas, incrédule?

Et celle-ci, c'est la dernière, elle est courte, ma faute sera moins grave et plus aisément pardonnée.

— On lisait un jour dans une feuille quotidienne.

« Hier on a trouvé dans le fiacre n. 102 une collerette chiffonnée, une ombrelle déchirée et un gant de femme de la main droite. Ces objets sont déposés chez le propriétaire de la voiture. »

Mlle F...., trouvant cette annonce toute simple, toute naturelle, alla réclamer le gant, l'ombrelle et la collerette, qu'on reconnut lui appartenir.

C'est égal, la perte du corset et plus curieuse encore.

VII.

La femme entretenue par l'étudiant en droit ou en médecine n'est véritablement entretenue qu'en petits vers, en madrigaux, en galette et en marrons. Il attend toujours de l'argent de sa mère ou de son oncle; l'une est un peu malade, l'autre est souvent en voyage; c'est une conspiration du ciel contre son bonheur. Et cependant la chaumière est là, *la Chaumière et son cœur*, là aussi la Chartreuse, plus loin le Prado ; plus loin encore Tivoli. L'argent de la mère arrivera ; mais on a l'âme sensible : la généreuse couturière ou fleuriste possède un châle de mérinos, un bracelet, une bague, deux boucles d'oreille ; le tout prend son essor et va visiter ma *Tante*, c'est-à-dire le Mont-de-Piété. La Chaumière, le Prado et Tivoli reçoivent le couple heureux ; on rit, on saute, on danse, on rentre, la lampe s'éteint, le silence règne, le mystère arrive, on se réveille plein d'émotions ; la jeune fille va à son comptoir de modiste ou à son magasin de nouveautés ; elle travaille jusqu'au soir vivant de souvenirs et d'une brioche, rêvant d'avenir plus brillant, et il se trouve souvent que l'étudiant qui entretient une femme est entretenu par elle. On s'attache par les bienfaits.

Il n'y a pas de femme de ménage au monde plus occupée, plus attentivement occupée que la femme entretenue par l'étudiant; en général elle fait le chocolat quand l'oncle est de retour ou que la lettre de la mère est arrivée; c'est elle qui reprend les mailles des chaussettes, qui repasse le devant de la chemise, qui nettoie les gants et quelquefois même savonne en cachette le pantalon blanc de ses généreuses menottes sans bague, sans alliance, se gerçant à l'eau froide, se ridant à l'eau chaude. Oh! l'étudiant est impitoyable pour ses doigts effilés condamnés sans relâche à recevoir les douloureuses atteintes de l'aiguille indocile, et privés souvent d'un protecteur contre les giboulées glacées ou les piqûres d'un soleil de feu.

Elle souffre, la pauvrette, elle pleure seule, elle gémit, et le mauvais sujet pour qui s'échappent ces soupirs étouffés, pour qui tombent ces larmes amères, va, sort, court, entre dans un estaminet fumeux, dépense là avec des amis turbulents les petites pièces blanches respectées par la jeune fille, et rentre souvent chez lui lorsque le jour est près de paraître, tout parfumé de tabac, d'eau-de-vie et de liqueurs.

Bel échange, ma foi! Oh! si j'étais grisette; oh! si j'étais couturière; oh! si j'étais modiste; pauvres étudiants, quelles études je vous ferai faire!

Modistes, grisettes, couturières, foi d'homme d'honneur, je ne fume pas, je ne suis jamais entré dans un estaminet, je ne bois pas d'eau-de-vie, je suis toujours chez moi avant minuit, ne viendrez-vous jamais me visiter?

Et puis, ne recevez-vous pas par-ci par-là quelques petites claques sur toutes les joues, allons, avouez-le... Eh bien! moi, je ne lève la main que pour caresser. Grisettes, couturières, modistes, ne viendrez-vous jamais me visiter?

Et puis encore, si je vous disais les perfidies de Jules, les trahisons d'Alfred, les scélératesses d'Adrien; moi, je ne change point. Quand je me suis reposé sur un bras ami, quand j'ai senti sur mon cœur un cœur battre d'émotion, quand une douce et sincère parole est tombée d'une lèvre sur mon âme qui l'a recueillie, je m'incline, j'aime et je bénis pour toujours. Grisettes, couturières, modistes, ne viendrez-vous point me visiter?

Avec moi, l'on porte chapeau gracieux, robe de mousseline-laine première qualité, châle de Chine brodé, fine chaussure, gants moelleux, ombrelle à la duchesse, bagues aux doigts, émeraudes aux oreilles. Grisettes, couturières, modistes, ne viendrez-vous jamais me visiter?

Avec moi, l'on a une stalle choisie ou une loge à chaque première représentation, cabriolet léger pour toute course au bois et champagne mousseux à tous dîners d'amis..... Couturières, grisettes, modistes, venez donc me visiter.

Bonnes petites créatures, que les portes du ciel vous soient ouvertes à deux battants: l'étudiant vous fait le purgatoire si chaud sur cette terre!

VIII.

La femme entretenue méprise profondément la jeune fille qui court les trottoirs et les boulevards par la pluie et le froid. Hélas! la misère a souvent fait celle-ci, le vice a créé celle-là. L'une manquait de pain, l'autre ne manquait que de gâteaux. Telle de ces vaniteuses se montre si fière de sa bassesse qu'elle courberait la tête en passant sous l'arc-de-triomphe de l'Étoile de peur de se heurter le front contre le couronnement.

Il est rare que la fille des rues devienne femme entretenue, le contraire se voit presque toujours.

La femme légitime qui faillit à ses devoirs devient souvent femme entretenue; un premier faux pas est une honte, le châtiment ne se fait pas attendre.

La femme entretenue se venge toujours d'une infidélité par dix infidélités : c'est son arithmétique. Vous savez d'ailleurs que tout esprit féminin ne pardonne jamais qu'après avoir puni.

Où est la ligne qui sépare la femme entretenue de la fille des boulevards? Je vous défie de l'apercevoir à l'aide même du plus grossissant microscope.

Il n'est pas rare de voir la femme entretenue essayer d'une tournée de quelques mois dans les Alpes, dans les Pyrénées ou en Auvergne. Cela s'explique : les femmes qui voyagent ressemblent à ces torrents qui changent souvent de lit et que les hasards *grossissent* dans leur cours. Le voyage exécuté, elles reviennent fraîches et joyeuses, et si vous demandez la cause de leur éclipse, elles vous répondent : un *caprice*, un *enfantillage*. Elles disent vrai.

La femme entretenue entretient elle-même un grand nombre de personnes, sans y comprendre la volumineuse correspondance qu'elle entretient avec des gens de tous les quartiers de la capitale. Ainsi elle doit entretenir son concierge, sa femme de chambre, certains cochers de citadine, le commissionnaire du coin de la rue. Elle a beau faire, tout cela est dans ses secrets, et on paie cher la discrétion par le temps qui court.

La femme entretenue qui n'assiste pas à une première représentation ou à une représentation à bénéfice est presque déshonorée, c'est-à-dire qu'on la croit en *déconfiture*. Son *monsieur* l'a plantée là, disent ses meilleures amies; aussi *elle en faisait trop.* Mais il était si *bonasse!*

Ne croyez pas à la richesse de toutes les femmes entretenues sur lesquelles vous voyez de belles dentelles, des bracelets magnifiques et des diamants aux oreilles. On loue tout cela chez des marchandes à la toilette, et la parure que vous avez vue hier à l'Opéra sur le cou de Rosine orne aujourd'hui aux Italiens la brune poitrine d'Estelle. Au reste, le luxe d'emprunt va plus loin encore, et je connais deux ou trois charmantes jeunes filles, que vous convoitez sans doute, qui empruntent encore leurs fraîches couleurs, leurs hanches andalouses. Tout cela est coté chez Maillot; demandez à Pauline B... et à Augustine Fi....

Vous êtes prévenus.

Ce qu'elles empruntent encore, mais plus rarement, c'est un langage de bonne compagnie, des expressions décentes, des sourires de bienveillance, une tournure d'honnête femme. Mais elles ont beau faire, l'œil exercé ne s'y trompe point, l'oreille délicate est bientôt au fait, et pour moi, je vous défie de jeter une femme entretenue au milieu de vingt femmes d'une autre espèce sans que je vous dise au premier aspect : La voilà! La contrainte, la gêne et la mauvaise éducation se font jour à travers tous les pores.

La femme entretenue à qui votre trop naïve franchise voudra présenter un triste avenir vous répondra effrontément : — Moi ! j'ai une position dans le monde.

IX.

Après le libertinage, le jeu est la passion dominante de la femme entretenue, et je connais telles de ces folles qui dans un nouveau déluge diraient encore *atout du roi*, au moment où le flot dévorateur monterait jusqu'à leur menton.

La femme entretenue qui joue le plus est d'ordinaire celle qui a les plus jolies mains: les distractions font souvent gagner la partie; c'est là une filouterie permise.

Le vrai talent de la femme entretenue consiste dans une feinte jalousie. La jalousie, c'est l'amour irrité, l'amour craintif. *Monsieur* est si fier d'inspirer la crainte et la colère, que le soir de toute scène d'irritation il ne manque jamais d'apporter chez son objet un écrin, une bague ou un châle nouveau. Il faut bien payer les larmes et les pâmoisons.

Stupides!

De toutes les vanités, la plus intolérable sans contredit est la vanité de l'ignorance, et vous me citerez peu de femmes entretenues qui se distinguent par quelque vrai talent. Je vous défie d'entretenir une femme avec laquelle vous aurez entretenu un assez long commerce de lettres.

Je vous l'ai dit, leurs mains étaient généralement destinées à tirer le cordon, et toute servitude abâtardit l'intelligence.

Elles ont un certain jargon, une certaine tournure de phrases qui ressemblent assez à de l'aplomb, à l'usage du monde;

mais hélas! leur aplomb, c'est le vice décolleté; leur usage, c'est l'effronterie. J'en ai connu une que vous pouvez applaudir tous les jours sur des planches ressemblant à un théâtre comme le profil de la grenouille ressemble à celui d'Apollon, qui jetait dans sa conversation les mots les plus scientifiques, les plus inusités de la langue française, comme si elle les comprenait. Elle avait aussi fort mal saisi les proverbes, et elle les répétait en dépit du sens commun.

La pepie vient en mangeant, disait-elle.

Ce qui est digéré n'est pas perdu.

Primo mimi.

Vous êtes un sot en toilette.

Je garde sous verre à l'usage de mes imprudents amis, la lettre curieuse qu'on va lire, et à laquelle on ne croirait pas si la signature ne s'y trouvait très-visiblement tracée, et dont au surplus quelques petits journaux de la capitale ont cité des fragments. La voici, moins l'orthographe, que nous rectifions. Tout le monde ne sait pas lire les hiéroglyphes.

« Ami, je t'écris ces lignes pour te dire ces *mots;* ceux que je souffre sont horribles. Viens demain de *bonne heure;* le mien est de te voir. Tu m'attendras caché dans un coin de la *cour*, en attendant que tu me la *fasses*; celle de mon tyran serait comique s'il te savait si près de *moi*. Et comme celui de mai, où nous nous trouvons, est le plus aimable de l'année, profitons-en.

» On me blâme de t'aimer *tant;* il est riant ce matin, je veux être comme lui, et puis, ce monstre je ne l'aime *point;* le sien est très-dur, il a failli hier soir me briser les *côtes*. Qu'il parle donc seul pour celles de la Bretagne, où il voulait m'emmener. Au reste, ce qui peut *militer* en sa faveur c'est qu'il ne l'a jamais *été;* c'est la saison des amours.

» Oui, mon chéri, j'ai la chaîne au *cou;* celui que j'ai reçu me sépare à jamais de ce brutal.

» Tu écris pour le théâtre, me dis-tu; eh bien! tant mieux. Attends-moi quelques instants dans la *pièce* voisine de la mienne, et n'oublie pas de m'apporter celle en cinq actes que tu as composée pour l'Ambigu.

» J'ai vu un magnifique chapeau de paille d'Italie chez Mme Leclère, où tant de gracieuses jeunes filles s'agitent décemment au comptoir. Veux-tu me *l'acheter*? Ne te fâche pas, ce dernier mot ne peut pas t'être appliqué, mon courageux ami. C'est demain 19 qu'il se met en route, nous nous verrons donc en sûreté le *vingt*; les cinquante bouteilles de bordeaux que tu m'en as envoyées seront vidées à sa longue absence.

» En finissant il me reste une prière à t'adresser. J'ai besoin d'argent; mais je suis si honteuse de t'en demander que si ma lettre n'était pas partie je la déchirerais.

» Ton adorée,

» A. F. »

Je n'imagine rien, je ne créé rien, j'écris en face du modèle, je le vois, il me blesse les yeux; je l'entends, il m'écorche les oreilles.

Avez-vous remarqué que presque toujours un sot ou un vilain garçon est le *lui* de la femme entretenue, quelque spirituel et beau que soit *monsieur?* Expliquez les mystères de certaines créations!

La femme entretenue est l'aiguille de la pendule. Elle part de midi, se penche, glisse, descend, descend encore, touche à l'antipode, remonte, se dresse et se retrouve après le tour du cadran à minuit ou à midi. Aussi voyez-vous souvent la malheureuse, lasse de ses courses, de ses marches, de ses contre-marches, de ses hontes, de ses turpitudes, revenir à *monsieur* qu'elle avait planté là, et qui la reprend veuve de vingt heureux adorateurs. La première est méprisable : qu'est le second?

Elle a aussi la propriété de la comète.

D'abord elle est errante comme l'astre vagabond; et puis, quand elle quitte un quartier, elle laisse après elle une *queue* immense de créanciers plus ou moins importuns qui vont la traquer dans son nouveau domicile et qui lui demandent raison de ce que *monsieur* n'a pas voulu payer les comptes et les mémoires, c'est-à-dire de ce qu'il a cessé d'être niais.

X.

A Paris, le jardin des Tuileries, le Cirque, Tivoli, quelques concerts, sont les rendez-vous habituels des femmes entretenues. Le jour, elles sillonnent étourdiment les boulevards et les beaux magasins. Celles dont la bourse est le moins bien garnie sont celles aussi qui font étaler à leurs yeux les plus riches étoffes. Ces dernières ne marchandent jamais; elles regardent les velours, les soies, les dentelles,

les cachemires avec un dédain qui semble accuser l'habitude du superflu; et quand les commis empressés ont tout bouleversé, tout mis sans dessus dessous, elles sortent d'un pas nonchalant et disent : Ma femme de chambre viendra demain, je me déciderai.

Chaque soir, à la chaude saison, vous voyez, dans la plus belle allée des Tuileries, une douzaine au moins de femmes autrefois jolies et gracieuses, autrefois brillantes et coquettes, frivoles et prodigues, aujourd'hui tristes, décolorées, fanées comme une tige sans suc, reconnaissant au passage leurs anciens lovelaces frisés à blanc et soutenus par un jonc à pomme de rhinocéros. Ah! c'est que le temps n'épargne personne, c'est que les rides sont des souveraines, des despotes, qui s'infligent aux plus rebelles. Plus vous voulez leur résister, plus elles s'imprégnent profondes, ineffaçables. Ce qui tue vite la gaîté, c'est la gaîté; ce qui éraille la peau rosée, c'est le fard dont on la couvre. Ne luttez donc pas contre la décrépitude, vous serez vaincues au combat. Ninon est citée par exception, et je ne crois pas cependant encore à ses conquêtes octogénaires.

Les années ont eu leur cours. Les feuilles des arbres se sont renouvelées bien souvent depuis la première victoire ou la première défaite de la femme entretenue ; il y a eu bien des épis moissonnés, bien des rosiers morts sur leur tige, bien des chênes dont la tête séculaire a été brisée. Depuis ce jour, bien des tombes se sont ouvertes et fermées, bien des modes ont disparu oubliées ou dédaignées, bien des enfants ont changé leurs cerceaux contre la bague nuptiale ; il y a eu bien des mariages troublés, bien des jeunes épouses au désespoir jetées sur la grève par les eaux du fleuve; bien des faillites ont ruiné et déshonoré des familles autrefois riches et considérées;

bien des papillons ont brûlé leurs ailes diaprées à la flamme vacillante ; bien des valets sont devenus maîtres, bien des maîtres sont devenus valets ; bien des fronts ont perdu leur couronne d'or ou d'ébène.

Celui de la femme entretenue a suivi le même torrent, la même dégradation, le même outrage. Il y a là des rides profondes, il y a tout près aussi des yeux caves et mornes. Les poitrines ont pris une saillie qui accuse la disette ou le remords ; les joues roses sont creuses, jaunes, éraillées ; les épaules se dessinent osseuses ; l'élégance de la taille s'est effacée ; la toilette grimace contre les injures du temps. Tout cela marche, avance, s'éloigne, disparaît.

Vous voyez passer un cadavre et votre tête ne se découvre pas.

C'est que tout a été matière chez cette femme, c'est que nulle matière n'a droit aux respects des hommes, c'est que la décrépitude arrive vite quand elle voyage avec le vice, c'est que l'hôpital est là qui ouvre sa gueule béante, et puis...

Pas un ami qui accompagne une bière, pas une larme sur une tombe, pas même une tombe à soi !...

La fosse commune a reçu les ossements de *lui* et de *monsieur*, auxquels vont se joindre ceux de la femme entretenue.

Femmes entretenues, un loyal sentiment vaut mieux que de l'or, une caresse vraie est mille fois préférable à une émeraude.

Songez-y bien, *lui* doit toujours rester ami.

Si le présent rougit du passé, votre avenir est mort et flétri.

Ce que je vous conseille, ce n'est pas la sagesse, nous perdrions trop; et puis vous ne seriez pas vous; vous mentiriez à votre nature et moi à ma vocation de prédicateur indulgent.

Ce que je vous conseille, femmes imprudentes et dangereuses, c'est la loyauté dans vos extravagances : tout masque fait grimacer, et j'aime bien mieux le naturel du vice que l'hypocrisie de la vertu. Ces derniers mots se heurtent brutalement, j'en conviens; mais vous comprenez ma pensée et cela me suffit. Vous ne m'en voulez pas sans doute de vous prêter plus d'intelligence que je n'ai de correction.

Ce que je vous conseille, c'est une folie sans bassesse, un *coquinisme* sans turpitude.

Au vent donc les doléances et les regrets! Au vent l'esclavage de vos passions, si en effet vos tourbillons sont des passions et non des calculs.

Femmes entretenues, croyez-moi : il y a souvent de l'harmonie dans le désordre.

N'est-ce pas que je vous connais bien?

Je prouverai peut-être sous peu à l'Entreteneur que je le connais aussi; je ne vous promets pas, lecteur ou lectrice, une image séduisante; mais je garantis un portrait.

Garde-toi de le prendre pour une caricature, quoiqu'ils se ressemblent comme deux gouttes de salive.

www.ingramcontent.com/pod-product-compliance
Ingram Content Group UK Ltd.
Pitfield, Milton Keynes, MK11 3LW, UK
UKHW012103240726
13965UKWH00004B/1498

9 782013 025188